HÉSIODE ÉDITIONS

ARTHUR CONAN DOYLE

Notre Dame de la Mort

Hésiode éditions

© Hésiode éditions.

1 rue Honoré - 93500 Pantin.
ISBN 978-2-38512-145-7
Dépôt légal : Janvier 2023

Impression Books on Demand GmbH

In de Tarpen 42
22848 Norderstedt, Allemagne

Notre Dame de la Mort

I

Mon existence a été accidentée et la destinée y a fait entrer maintes aventures peu ordinaires. Mais parmi ces incidents, il en est un d'une étrangeté telle que, quand je passe en revue ma vie, tous les autres deviennent insignifiants.

Celui-là surgit au-dessus des brouillards d'autrefois avec un aspect sonore et fantastique, en jetant son ombre sur les années dépourvues d'événements qui le précédèrent et le suivirent.

Cette histoire-là, je ne l'ai pas souvent racontée.

Bien petit est le nombre de ceux qui l'ont entendue de ma propre bouche et c'étaient des gens qui me connaissaient bien.

De temps à autre ils m'ont demandé de faire ce récit devant une réunion d'amis, mais je m'y suis constamment refusé, car je n'ambitionne pas le moins du monde la réputation d'un Munchausen amateur.

Pourtant, j'ai déféré jusqu'à un certain point à leur désir en mettant par écrit cet exposé des faits qui se rattachent à ma visite à Dunkelthwaite.

Voici la première lettre que m'écrivit John Thurston.

Elle est datée d'avril 1862.

Je la prends dans mon bureau et la copie textuellement :

« Mon cher Lawrence.
« Si vous saviez à quel point je suis dans la solitude et l'ennui, je suis certain que vous auriez pitié de moi et que vous viendrez partager mon isolement.

« Souvent vous avez vaguement promis de visiter Dunkelthwaite et de venir jeter un coup d'œil sur les landes du Yorkshire. Quel moment serait plus favorable qu'aujourd'hui pour votre voyage ?

« Certes, je sais que vous êtes accablé de besogne, mais comme en ce moment vous n'avez pas de cours à suivre, vous seriez tout aussi à votre aise pour étudier que vous l'êtes dans Bakerstreet.

« Emballez donc vos livres comme un bon garçon que vous êtes et arrivez.

« Nous avons une chambrette bien confortable pourvue d'un bureau et d'un fauteuil qui sont juste ce qu'il vous faut pour travailler.

« Faites-moi savoir quand nous pourrons vous attendre.

« En vous disant que je suis seul, je n'entends point dire par là qu'il n'y ait personne chez moi. Au contraire, nous formons une maisonnée assez nombreuse.

« Tout d'abord, naturellement, comptons mon pauvre oncle Jérémie, bavard et maniaque, qui va et vient en chaussons de lisière, et compose, selon son habitude, de mauvais vers à n'en plus finir.

« Je crois vous avoir fait connaître ce dernier trait de son caractère la dernière fois que nous nous sommes vus.

« Cela en est arrivé à un tel degré qu'il a un secrétaire dont la tâche se réduit à copier et conserver ces épanchements.

« Cet individu, qui se nomme Copperthorne, est devenu aussi indispensable au vieux que sa marotte ou son Dictionnaire universel des Rimes ».

« Je n'irai point jusqu'à dire que je m'inquiète de lui, mais j'ai toujours partagé le préjugé de César contre les gens maigres – et pourtant, si nous en croyons les médailles, le petit Jules faisait évidemment partie de cette catégorie.

« En outre, nous avons les deux enfants de notre oncle Samuel, qui ont été adoptés par Jérémie, – il y en a eu trois, mais l'un d'eux a suivi la voie de toute chair – et une gouvernante, une brune à l'air distingué, qui a du sang hindou dans les veines.

« Outre ces personnes, il y a trois servantes et le vieux groom.

« Vous voyez par là que nous formons un petit univers dans notre coin écarté.

« Ce qui n'empêche, mon cher Hugh, que je meurs d'envie de voir une figure sympathique et d'avoir un compagnon agréable.

« Comme je donne à fond dans la chimie, je ne vous dérangerai pas dans vos études. Répondez par le retour du courrier à votre solitaire ami.

« John H. Thurston. »

À l'époque où je reçus cette lettre, j'habitais Londres et je travaillais ferme en vue de l'examen final qui devait me donner le droit d'exercer la médecine.

Thurston et moi, nous avions été amis intimes à Cambridge, avant que j'eusse commencé l'étude de la médecine et j'avais grand désir de le revoir.

D'autre part, je craignais un peu que, malgré ses assertions, mes études n'eussent à souffrir de ce déplacement.

Je me représentais le vieillard retombé en enfance, le secrétaire maigre, la gouvernante distinguée, les deux enfants, probablement des enfants gâtés et tapageurs, et j'arrivai à conclure que quand tout cela et moi nous serions bloqués ensemble dans une maison à la campagne, il resterait bien peu de temps pour étudier tranquillement.

Après deux jours de réflexion, j'avais presque résolu de décliner l'invitation, lorsque je reçus du Yorkshire une autre lettre encore plus pressante que la première.

« Nous attendons des nouvelles de vous à chaque courrier, disait mon ami, et chaque fois qu'on frappe je m'attends à recevoir un télégramme qui m'indique votre train.

« Votre chambre est toute prête, et j'espère que vous la trouverez confortable.

« L'oncle Jérémie me prie de vous dire combien il sera heureux de vous voir.

« Il aurait écrit, mais il est absorbé par la composition d'un grand poème épique de cinq mille vers ou environ.

« Il passe toute la journée à courir d'une chambre à l'autre, ayant toujours sur les talons Copperthorne, qui, pareil au monstre de Frankenstein, le suit à pas comptés, le calepin et le crayon à la main, notant les savantes paroles qui tombent de ses lèvres.

« À propos, je crois vous avoir parlé de la gouvernante brune si pleine de chic.

« Je pourrais me servir d'elle comme d'un appât pour vous attirer, si vous avez gardé votre goût pour les études d'ethnologie.

« Elle est fille d'un chef hindou, qui avait épousé une Anglaise. Il a été tué pendant l'Insurrection en combattant contre nous ; ses domaines ayant été confisqués par le Gouvernement, sa fille, alors âgée de quinze ans, s'est trouvée presque sans ressources.

« Un charitable négociant allemand de Calcutta l'adopta, paraît-il, et l'amena en Europe avec sa propre fille.

« Celle-ci mourut et alors miss Warrender – nous l'appelons ainsi, du nom de sa mère – répondit à une annonce insérée par mon oncle, et c'est ainsi que nous l'avons connue.

« Maintenant, mon vieux, n'attendez pas qu'on vous donne l'ordre de venir, venez tout de suite. »

Il y avait dans la seconde lettre d'autres passages qui m'interdisent de la reproduire intégralement.

Il était impossible de tenir bon plus longtemps devant l'insistance de mon vieil ami.

Aussi tout en pestant intérieurement, je me hâtai d'emballer mes livres, je télégraphiai le soir même, et la première chose que je fis le lendemain matin, ce fut de partir pour le Yorkshire.

Je me rappelle fort bien que ce fut une journée assommante, et que le voyage me parut interminable, recroquevillé comme je l'étais dans le coin d'un wagon à courants d'air, où je m'occupais à tourner et retourner mentalement maintes questions de chirurgie et de médecine.

On m'avait prévenu que la petite gare d'Ingleton, à une quinzaine de milles de Tarnforth, était la plus rapprochée de ma destination.

J'y débarquai à l'instant même où John Thurston arrivait au grand trot d'un haut dog-cart par la route de la campagne.

Il agita triomphalement son fouet en m'apercevant, poussa brusquement son cheval, sauta à bas de voiture, et de là sur le quai.

– Mon cher Hugh, s'écria-t-il, je suis ravi de vous voir. Comme vous avez été bon de venir !

Et il me donna une poignée de main que je sentis jusqu'à l'épaule.

– Je crains bien que vous ne me trouviez un compagnon désagréable maintenant que me voilà, répondis-je. Je suis plongé jusque par dessus les yeux dans ma besogne.

– C'est naturel, tout naturel, dit-il avec sa bonhomie ordinaire. J'en ai tenu compte, mais nous aurons quand même le temps de tirer un ou deux lapins. Nous avons une assez longue trotte à faire, et vous devez être complètement gelé, aussi nous allons repartir tout de suite pour la maison.

Et l'on se mit à rouler sur la route poussiéreuse.

– Je crois que votre chambre vous plaira, remarqua mon ami. Vous vous trouverez bientôt comme chez vous. Vous savez, il est fort rare que je séjourne à Dunkelthwaite, et je commence à peine à m'installer et à organiser mon laboratoire. Voici une quinzaine que j'y suis. C'est un secret connu de tout le monde que je tiens une place prédominante dans le testament du vieil oncle Jérémie. Aussi mon père a-t-il cru que c'était un devoir élémentaire pour moi de venir et de me montrer poli. Étant donnée la situation, je ne puis guère me dispenser de me faire valoir un peu de temps en temps.

– Oh ! certes, dis-je.

– En outre, c'est un excellent vieux bonhomme. Cela vous divertira de voir notre ménage. Une princesse comme gouvernante, cela sonne bien, n'est-ce pas ? Je m'imagine que notre imperturbable secrétaire s'est hasardé quelque peu de ce côté-là. Relevez le collet de votre pardessus, car il fait un vent glacial.

La route franchit une série de collines faibles, pelées, dépourvues de toute végétation, à l'exception d'un petit nombre de bouquets de ronces, et d'un mince tapis d'une herbe coriace et fibreuse, où un troupeau épais de moutons décharnés, à l'air affamé, cherchaient leur nourriture.

Nous descendions et montions tour à tour dans un creux, tantôt au sommet d'une hauteur, d'où nous pouvions voir les sinuosités de la route, comme un mince fil blanc passant d'une colline à une autre plus éloignée.

Çà et là, la monotonie du paysage était diversifiée par des escarpements dentelés, formés par de rudes saillies du granit gris.

On eût dit que le sol avait subi une blessure effrayante par où les os fracturés avaient percé leur enveloppe.

Au loin se dressait une chaîne de montagne que dominait un pic isolé surgissant parmi elles, et se drapant coquettement d'une guirlande de nuages, où se réfléchissait la nuance rouge du couchant.

– C'est Ingleborough, dit mon compagnon en me désignant la montagne avec son fouet, et ici ce sont les Landes du Yorkshire. Nulle part en Angleterre, vous ne trouverez de région plus sauvage, plus désolée. Elle produit une bonne race d'hommes. Les milices sans expérience qui battirent la chevalerie écossaise à la Journée de l'Étendard venaient de cette partie du pays. Maintenant, sautez là bas, vieux camarade, et ouvrez la porte.

Nous étions arrivés à un endroit où un long mur couvert de mousse s'étendait parallèlement à la route.

Il était interrompu par une porte cochère en fer, à moitié disloquée, flanquée de deux piliers, au haut desquels des sculptures, taillées dans la pierre, paraissaient représenter quelque animal héraldique, bien que le vent et la pluie les eussent réduites à l'état de blocs informes.

Un cottage en ruine qui avait peut-être, il y a longtemps, servi de loge, se dressait, à l'un des côtés.

J'ouvris la porte d'une poussée, et nous parcourûmes une avenue longue et sinueuse, encombrée de hautes herbes, au sol inégal, mais bordée de chênes magnifiques, dont les branches, en s'entremêlant au-dessus de nous, formaient une voûte si épaisse que le crépuscule du soir fit place soudain à une obscurité complète.

– Je crains que notre avenue ne vous impressionne pas beaucoup, dit Thurston, en riant. C'est une des idées du vieux bonhomme, de laisser la nature agir en tout à sa guise. Enfin, nous voici à Dunkelthwaite.

Comme il parlait, nous contournâmes un détour de l'avenue marqué par un chêne patriarcal qui dominait de beaucoup tous les autres, et nous nous trouvâmes devant une grande maison carrée, blanchie à la chaux, et précédée d'une pelouse.

Tout le bas de l'édifice était dans l'ombre, mais en haut une rangée de fenêtres, éclairées d'un rouge de sang, scintillaient au soleil couchant.

Au bruit des roues, un vieux serviteur en livrée vint, tout courant, prendre la bride du cheval dès que nous avançâmes.

– Vous pouvez le rentrer à l'écurie, Élie, dit mon ami, dès que nous eûmes sauté à bas… Hugh, permettez-moi de vous présenter à mon oncle Jérémie.

– Comment allez-vous ? Comment allez-vous ? dit une voix chevrotante et fêlée.

Et, levant les yeux, j'aperçus un petit homme à figure rouge qui nous attendait debout sous le porche.

Il avait un morceau d'étoffe de coton roulée autour de la tête, comme dans les portraits de Pope et d'autres personnages célèbres du xviiie siècle.

Il se distinguait en outre par une paire d'immenses pantoufles.

Cela faisait un contraste si étrange avec ses jambes grêles en forme de fuseaux qu'il avait l'air d'être chaussé de skis, et la ressemblance était d'autant plus frappante qu'il était obligé, pour marcher, de traîner les pieds sur le sol, afin que ces appendices encombrants ne l'abandonnassent pas en route.

– Vous devez être las, Monsieur, et gelé aussi, Monsieur, dit-il d'un ton étrange, saccadé, en me serrant la main. Nous devons être hospitaliers pour vous, nous le devons certainement. L'hospitalité est une de ces vertus de l'ancien monde que nous avons conservées. Voyons, ces vers, quels sont-ils :

Le bras de l'homme du Yorkshire est leste et fort
Mais ô ! comme il est chaud, le cœur de l'homme du Yorkshire !

« Voilà qui est clair, précis, Monsieur. C'est pris dans un de mes poèmes. Quel est ce poème, Copperthorne ?

– La Poursuite de Borrodaile, dit une voix derrière lui, en même temps qu'un homme de haute taille, à la longue figure, venait se placer dans le cercle de lumière que projetait la lampe suspendue en haut du porche.

John nous présenta, et je me souviens que le contact de sa main me parut visqueux et désagréable.

Cette cérémonie accomplie, mon ami me conduisit à ma chambre, en me faisant traverser bien des passages et des corridors reliés entre eux à la façon de l'ancien temps par des marches inégales.

Chemin faisant, je remarquai l'épaisseur des murs, l'étrangeté et la variété des pentes du toit, qui faisait supposer l'existence d'espaces mystérieux dans les combles.

La chambre qui m'était destinée était, ainsi que me l'avait dit John, un charmant petit sanctuaire, où pétillait un bon feu, et où se trouvait une étagère bien garnie de livres.

Et, en mettant mes pantoufles, je me dis que j'aurais eu tort sans doute de refuser cette invitation à venir dans le Yorkshire.

II

Lorsque nous descendîmes à la salle à manger, le reste de la maisonnée était déjà réuni pour le dîner.

Le vieux Jérémie, toujours coiffé de sa singulière façon, occupait le haut bout de la table.

À côté de lui, et à droite, était une jeune dame très brune, à la chevelure et aux yeux noirs, qui me fut présentée sous le nom de miss Warrender.

À côté d'elle étaient assis deux jolis enfants, un garçon et une fille, ses élèves, évidemment.

J'étais placé vis-à-vis d'elle, ayant à ma gauche Copperthorne.

Quant à John, il faisait face à son oncle.

Je crois presque voir encore l'éclat jaune de la grande lampe à huile qui projetait des lumières et des ombres à la Rembrandt sur ce cercle de figures, parmi lesquelles certaines étaient destinées à prendre tant d'intérêt pour moi.

Ce fut un repas agréable, en dehors même de l'excellence de la cuisine et de l'appétit qu'avait aiguisé mon long voyage.

Enchanté d'avoir trouvé un nouvel auditeur, l'oncle Jérémie débordait d'anecdotes et de citations.

Quant à miss Warrender et à Copperthorne, ils ne causèrent pas beaucoup, mais tout ce que dit ce dernier révélait l'homme réfléchi et bien élevé.

Pour John, il avait tant de souvenirs de collège et d'événements postérieurs à rappeler que je crains qu'il n'ait fait maigre chère.

Lorsqu'on apporta le dessert, miss Warrender emmena les enfants. L'oncle Jérémie se retira dans la bibliothèque, d'où nous arrivait le bruit assourdi de sa voix, pendant qu'il dictait à son secrétaire.

Mon vieil ami et moi, nous restâmes quelque temps devant le feu à causer des diverses aventures qui nous étaient arrivées depuis notre dernière rencontre.

– Eh bien, que pensez-vous de notre maisonnée ? me demanda-t-il enfin, en souriant.

Je répondis que j'étais fort intéressé par ce que j'en avais vu.

– Votre oncle est tout à fait un type. Il me plaît beaucoup.

– Oui, il a le cœur excellent avec toutes les originalités. Votre arrivée l'a tout à fait ragaillardi, car il n'a jamais été complètement lui-même depuis la mort de la petite Ethel. C'était la plus jeune des enfants de l'oncle Sam. Elle vint ici avec les autres, mais elle eut, il y a deux mois environ, une crise nerveuse ou je ne sais quoi dans les massifs. Le soir, on l'y trouva morte. Ce fut un coup des plus violents pour le vieillard.

– Ce dut être aussi fort pénible pour miss Warrender, fis-je remarquer.

– Oui, elle fut très affligée. À cette époque, elle n'était ici que depuis une semaine. Ce jour-là elle était allée en voiture à Kirkby Lonsdale pour faire quelque emplette.

– J'ai été très intéressé, dis-je, par tout ce que vous m'avez raconté à son sujet. Ainsi donc, vous ne plaisantiez pas, je suppose.

– Non, non, tout est vrai comme l'Évangile. Son père se nommait Achmet Genghis Khan. C'était un chef à demi indépendant quelque part dans les provinces centrales. C'était à peu près un païen fanatique, bien qu'il eût épousé une Anglaise. Il devint camarade avec le Nana, et eut quelque part dans l'affaire de Cawnpore, si bien que le gouvernement le traita avec une extrême rigueur.

– Elle devait être tout à fait femme quand elle quitta sa tribu, dis-je. Quelle est sa manière de voir en affaire de religion ? Tient-elle du côté de son père ou de celui de sa mère ?

– Nous ne soulevons jamais cette question, répondit mon ami. Entre nous, je ne la crois pas très orthodoxe. Sa mère était sans doute une femme de mérite. Outre qu'elle lui a appris l'anglais, elle se connaît assez bien en littérature française et elle joue d'une façon remarquable. Tenez, écoutez-la.

Comme il parlait, le son d'un piano se fit entendre dans la pièce voisine, et nous nous tûmes pour écouter.

Tout d'abord la musicienne piqua quelques touches isolées, comme si elle se demandait s'il fallait continuer.

Puis, ce furent des bruits sonores, discordants, et soudain de ce chaos sortit enfin une harmonie puissante, étrange, barbare, avec des sonorités de trompette, des éclats de cymbales.

Et le jeu devenant de plus en plus énergique, devint une mélodie fougueuse, qui finit par s'atténuer et s'éteindre en un bruit désordonné comme au début.

Puis, nous entendîmes le piano se refermer, et la musique cessa.

– Elle fait ainsi tous les soirs, remarqua mon ami. C'est quelque souvenir de l'Inde, à ce que je suppose. Pittoresque, ne trouvez-vous pas ? Maintenant ne vous attardez pas ici plus longtemps que vous ne voudriez. Votre chambre est prête, dès que vous voudrez vous mettre au travail.

Je pris mon compagnon au mot, et le laissai avec son oncle et Copperthorne qui étaient revenus dans la pièce.

Je montai chez moi et étudiai pendant deux heures la législation médicale.

Je me figurais que ce jour-là je ne verrais plus aucun des habitants de Dunkelthwaite, mais je me trompais, car vers dix heures l'oncle Jérémie montra sa petite tête rougeaude dans la chambre.

– Êtes-vous bien logé à votre aise ? demanda-t-il.

– Tout est pour le mieux, je vous remercie, répondis-je.

– Tenez bon. Serez sûr de réussir, dit-il en son langage sautillant. Bonne nuit.

– Bonne nuit, répondis-je.

– Bonne nuit, dit une autre voix venant du corridor.

Je m'avançai pour voir, et j'aperçus la haute silhouette du secrétaire qui glissait à la suite du vieillard comme une ombre noire et démesurée.

Je retournai à mon bureau et travaillai encore une heure.

Puis je me couchai, et je fus quelque temps avant de m'endormir, en songeant à la singulière maisonnée dont j'allais faire partie.

III

Le lendemain je fus sur pied de bonne heure et me rendis sur la pelouse, où je trouvai miss Warrender occupée à cueillir des primevères, dont elle faisait un petit bouquet pour orner la table au déjeuner.

Je fus près d'elle avant qu'elle me vît et ne pus m'empêcher d'admirer sa beauté et sa souplesse pendant qu'elle se baissait pour cueillir les fleurs.

Il y avait dans le moindre de ses mouvements une grâce féline que je ne me rappelais avoir vue chez aucune femme.

Je me ressouvins des paroles de Thurston au sujet de l'impression qu'elle avait produite sur le secrétaire, et je n'en fus plus surpris.

En entendant mon pas, elle se redressa, et tourna vers moi sa belle et sombre figure.

– Bonjour, miss Warrender, dis-je. Vous êtes matinale comme moi.

– Oui, répondit-elle, j'ai toujours eu l'habitude de me lever avec le jour.

– Quel tableau étrange et sauvage ! remarquai-je en promenant mon regard sur la vaste étendue des landes. Je suis un étranger comme vous-même dans ce pays. Comment le trouvez-vous ?

– Je ne l'aime pas, dit-elle franchement. Je le déteste. C'est froid, terne, misérable. Regardez cela, et elle leva son bouquet de primevères, voilà ce qu'ils appellent des fleurs. Elles n'ont pas même d'odeur.

– Vous avez été accoutumée à un climat plus vivant et à une végétation tropicale.

– Oh ! je le vois, master Thurston vous a parlé de moi, dit-elle avec un sourire. Oui, j'ai été accoutumée à mieux que cela.

Nous étions debout près l'un de l'autre, quand une ombre apparut entre nous.

Me retournant, j'aperçus Copperthorne resté debout derrière nous.

Il me tendit sa main maigre et blanche avec un sourire contraint.

— Il semble que vous êtes déjà en état de trouver tout seul votre chemin, dit-il en portant ses regards alternativement de ma figure à celle de miss Warrender. Permettez-moi de tenir ces fleurs pour vous, Miss.

— Non, merci, dit-elle d'un ton froid. J'en ai cueilli assez, et je vais entrer.

Elle passa rapidement à côté de lui, et traversa la pelouse pour retourner à la maison.

Copperthorne la suivit des yeux en fronçant le sourcil.

— Vous êtes étudiant en médecine, master Lawrence, me dit-il, en se tournant vers moi et frappant le sol d'un pied, avec un mouvement saccadé, nerveux, tout en parlant.

— Oui, je le suis.

— Oh ! nous avons entendu parler de vous autres, étudiants en médecine, fit-il en élevant la voix et l'accompagnant d'un petit rire fêlé. Vous êtes de terribles gaillards, n'est-ce pas ? Nous avons entendu parler de vous. Il est inutile de vouloir vous tenir tête.

— Monsieur, répondis-je, un étudiant en médecine est d'ordinaire un gentleman.

— C'est tout à fait vrai, dit-il en changeant de ton. Certes, je ne voulais que plaisanter.

Néanmoins je ne pus m'empêcher de remarquer que pendant tout le déjeuner, il ne cessa d'avoir les yeux fixés sur moi, tandis que miss Warrender parlait, et si je hasardais une remarque, aussitôt son regard se portait sur elle.

On eût dit qu'il cherchait à deviner sur nos physionomies ce que nous pensions l'un de l'autre.

Il s'intéressait évidemment plus que de raison à la belle gouvernante, et il n'était pas moins évident que ses sentiments n'étaient payés d'aucun retour.

Nous eûmes ce matin-là une preuve visible de la simplicité naturelle de ces bonnes gens primitifs du Yorkshire.

À ce qu'il paraît, la domestique et la cuisinière, qui couchaient dans la même chambre, furent alarmées pendant la nuit par quelque chose que leurs esprits superstitieux transformèrent en une apparition.

Après le déjeuner, je tenais compagnie à l'oncle Jérémie, qui, grâce à l'aide constante de son souffleur, émettait à jet contenu des citations de poésies de la frontière écossaise, lorsqu'on frappa à la porte.

La domestique entra.

Elle était suivie de près par la cuisinière, personne replète mais craintive.

Elles s'encourageaient, se poussaient mutuellement.

Elles débitèrent leur histoire par strophe et antistrophe, comme un chœur grec, Jeanne parlant jusqu'à ce que l'haleine lui manquât, et laissant alors la parole à la cuisinière qui se voyait à son tour interrompue.

Une bonne partie de ce qu'elles dirent resta à peu près inintelligible pour moi, à raison du dialecte extraordinaire qu'elles employaient, mais je pus saisir la marche générale de leur récit.

Il paraît que pendant les premières heures du jour, la cuisinière avait été réveillée par quelque chose qui lui touchait la figure.

Se réveillant tout à fait, elle avait vu une ombre vague debout près de son lit, et cette ombre s'était glissée sans bruit hors de la chambre.

La domestique s'était éveillée au cri poussé par la cuisinière et affirmait carrément avoir vu l'apparition.

On eût beau les questionner en tous sens, les raisonner, rien ne put les ébranler, et elles conclurent en donnant leurs huit jours, preuve convaincante de leur bonne foi et de leur épouvante.

Elles parurent extrêmement indignées de notre scepticisme et cela finit par leur sortie bruyante, ce qui produisit de la colère chez l'oncle Jérémie, du dédain cher Copperthorne, et me divertit beaucoup.

Je passai dans ma chambre presque toute ma seconde journée de visite, et j'avançai considérablement ma besogne.

Le soir, John et moi, nous nous rendîmes à la garenne de lapins avec nos fusils.

En revenant, je contai à John la scène absurde qu'avaient faite le matin les domestiques, mais il ne me parut pas qu'il en saisît, autant que moi, le côté grotesque.

– C'est un fait, dit-il, que dans les très vieilles demeures comme celle-ci, où la charpente est vermoulue et déformée, on voit quelquefois certains phénomènes curieux qui prédisposent l'esprit à la superstition. J'ai déjà entendu, depuis que je suis ici, pendant la nuit, une ou deux choses qui auraient pu effrayer un homme nerveux et à plus forte raison une domestique ignorante. Naturellement, toutes ces histoires d'apparitions sont de pures sottises, mais une fois que l'imagination est excitée, il n'y a plus moyen de la retenir.

– Qu'avez-vous donc entendu ? demandai-je, fort intéressé.

– Oh ! rien qui en vaille la peine, répondit-il. Voici les bambins et miss Warrender. Il ne faut pas causer de ces choses en sa présence. Autrement elle nous donnera les huit jours, elle aussi, et ce serait une perte pour la maison.

Elle était assise sur une petite barrière placée à la lisière du bois qui entoure Dunkelthwaite, les deux enfants appuyés sur elle de chaque côté, leurs mains jointes autour de ses bras, et leurs figures potelées tournées vers la sienne.

C'était un joli tableau.

Nous nous arrêtâmes un instant à le contempler.

Mais elle nous avait entendus approcher.

Elle descendit d'un bond et vint à notre rencontre, les deux petits trottinant derrière elle.

– Il faut que vous m'aidiez du poids de votre autorité, dit-elle à John. Ces petits indociles aiment l'air du soir, et ne veulent pas se laisser persuader de rentrer.

– Veux pas rentrer, dit le garçon d'un ton décidé. Veux entendre le reste de l'histoire.

– Oui, l'histoire, zézaya la petite.

— Vous saurez le reste de l'histoire demain, si vous êtes sages. Voici M. Lawrence qui est médecin. Il vous dira qu'il ne vaut rien pour les petits garçons et les petites filles de rester dehors quand la rosée tombe.

— Ainsi donc vous écoutiez une histoire ? demanda John pendant que nous nous remettions en route.

— Oui, une bien belle histoire, dit avec enthousiasme le bambin. Oncle Jérémie nous en dit des histoires, mais c'est en poésie, et elles ne sont pas, oh ! non, pas si jolies que les histoires de miss Warrender. Il y en a une, où il y a des éléphants.

— Et des tigres, et de l'or, continua la fillette.

— Oui, on fait la guerre, on se bat et le roi des Cigares…

— Des Cipayes, mon ami, corrigea la gouvernante.

— Et les tribus dispersées qui se reconnaissent entre elles par le moyen de signes, et l'homme qui a été tué dans la forêt. Elle sait des histoires magnifiques. Pourquoi ne lui demandez-vous pas de vous en raconter une, cousin John ?

— Vraiment, miss Warrender, dit mon compagnon, vous avez piqué notre curiosité. Il faut que vous nous contiez ces merveilles.

— À vous, elles paraîtraient assez sottes, répondit-elle en riant. Ce sont simplement quelques souvenirs de ma vie passée.

Comme nous suivions lentement le sentier qui traverse le bois, nous vîmes Copperthorne arriver en sens opposé.

— Je vous cherchais tous, dit-il en feignant maladroitement un ton jovial, je voulais vous informer qu'il est l'heure de dîner.

– Nos montres nous l'ont déjà dit, répondit John d'une voix qui me parut plutôt bourrue.

– Et vous avez couru le lapin ensemble, dit le secrétaire, en marchant à pas comptés près de nous.

– Pas ensemble, répondis-je, nous avons rencontré miss Warrender et les enfants, en revenant.

– Oh ! miss Warrender est allée à votre rencontre, quand vous reveniez, dit-il.

Cette façon de retourner promptement le sens de mes paroles, et le ton narquois qu'il y mit, me vexèrent au point que j'eusse répondu par une vive riposte, si je n'avais pas été retenu par la présence de la jeune dame.

Au même moment, je tournai les yeux vers la gouvernante et je vis briller dans son regard un éclair de colère à l'adresse de l'interlocuteur, ce qui me prouva qu'elle partageait mon indignation.

Aussi fus-je bien surpris cette même nuit quand, vers dix heures, m'étant mis à la fenêtre de ma chambre, je les vis se promenant ensemble au clair de lune et causant avec animation.

Je ne sais comment cela se fit, mais cette vue m'agita au point qu'après quelques vains efforts pour reprendre mes études, je mis mes livres de côté et renonçai au travail pour ce soir-là.

Vers onze heures, je regardai de nouveau, mais ils n'étaient plus là.

Bientôt après j'entendis le pas traînant de l'oncle Jérémie et le pas ferme et lourd du secrétaire, quand ils remontèrent l'escalier qui menait à leurs chambres à coucher, situées à l'étage supérieur.

IV

John Thurston ne fut jamais grand observateur et je crois que j'en savais plus long que lui sur ce qui se passait à Dunkelthwaite, au bout de trois jours passés sous le toit de son oncle.

Mon ami était passionnément épris de chimie et coulait des jours heureux au milieu de ses éprouvettes, de ses solutions, parfaitement content d'avoir à portée un compagnon sympathique, auquel il pût faire part de ses trouvailles.

Quant à moi, j'eus toujours un faible pour l'étude et l'analyse de la nature humaine, et je trouvais bien des sujets intéressants dans le microcosme où je vivais.

Bref, je m'absorbai dans mes observations au point de me faire craindre qu'elles n'aient causé beaucoup de tort à mes études.

Ma première découverte fut que le véritable maître à Dunkelthwaite était, – et cela ne faisait aucun doute, – non point l'oncle Jérémie, mais le secrétaire de l'oncle Jérémie.

Mon flair médical me disait que l'amour exclusif de la poésie, qui eût été une excentricité inoffensive au temps où le vieillard était encore jeune, était devenu désormais une véritable monomanie qui lui emplissait l'esprit en ne laissant nulle place à toute autre idée.

Copperthorne, en flattant le goût de son maître et le dirigeant sur cet objet unique, à ce point qu'il lui devenait indispensable, avait réussi à s'assurer un pouvoir sans limite en toutes les autres choses.

C'était lui qui s'occupait des finances de l'oncle, qui menait les affaires de la maison sans avoir à subir de questions ni de contrôle.

À vrai dire, il avait assez de tact pour exercer son pouvoir d'une main légère, de façon à ne point meurtrir son esclave : aussi ne rencontrait-il aucune résistance.

Mon ami, tout entier à ses distillations, à ses analyses, ne se rendit jamais compte qu'il était devenu un zéro dans la maison.

J'ai déjà exprimé ma conviction que si Copperthorne éprouvait un tendre sentiment à l'égard de la gouvernante, elle ne lui donnait pas le moindre encouragement. Mais au bout de quelques jours j'en vins à penser qu'en dehors de cet attachement non payé de retour, il existait quelque autre lien entre ces deux personnages.

J'ai vu plus d'une fois Copperthorne prendre à l'égard de la gouvernante un air qui ne pouvait être qualifié autrement que d'autoritaire.

Deux ou trois fois aussi, je les avais vus arpenter la pelouse dans les premières heures de la nuit, en causant avec animation.

Je n'arrivais pas à deviner quelle sorte d'entente réciproque existait entre eux.

Ce mystère piqua ma curiosité.

La facilité, avec laquelle on devient amoureux en villégiature à la campagne, est passée en proverbe, mais je n'ai jamais été d'une nature sentimentale et mon jugement ne fut faussé par aucune préférence en faveur de miss Warrender. Au contraire, je me mis à l'étudier comme un entomologiste l'eût fait pour un spécimen, d'une façon minutieuse, très impartiale.

Pour atteindre ce but, j'organisai mon travail de manière à être libre quand elle sortait les enfants pour leur faire prendre de l'exercice.

Nous nous promenâmes ainsi ensemble maintes fois, et cela m'avança dans la connaissance de son caractère plus que je n'eusse pu le faire en m'y prenant autrement.

Elle avait vraiment beaucoup lu, connaissait plusieurs langues d'une manière superficielle, et avait une grande aptitude naturelle pour la musique.

Au-dessous de ce vernis de culture, elle n'en avait pas moins une forte dose de sauvagerie naturelle.

Au cours de sa conversation, il lui échappait de temps à autre quelque sortie qui me faisait tressaillir par sa forme primitive de raisonnement et par le dédain des conventions de la civilisation.

Je ne pouvais guère m'en étonner, en songeant qu'elle était devenue femme avant d'avoir quitté la tribu sauvage que son père gouvernait.

Je me rappelle une circonstance qui me frappa tout particulièrement, car elle y laissa percer brusquement ses habitudes sauvages et originales.

Nous nous promenions sur la route de campagne. Nous parlions de l'Allemagne, où elle avait passé quelques mois, quand soudain elle s'arrêta, et posa son doigt sur ses lèvres.

– Prêtez-moi votre canne, me dit-elle à voix basse.

Je la lui tendis, et aussitôt, à mon grand étonnement, elle s'élança légèrement et sans bruit à travers une ouverture de la haie, son corps se pencha, et elle rampa avec agilité en se dissimulant derrière une petite hauteur. J'étais encore à la suivre des yeux, tout stupéfait, quand un lapin se leva soudain devant elle et partit.

Elle lança la canne sur lui et l'atteignit, mais l'animal parvint à s'échapper tout en boitant d'une patte.

Elle revint vers moi triomphante, essoufflée :

– Je l'ai vu remuer dans l'herbe, dit-elle, je l'ai atteint.

– Oui, vous l'avez atteint, vous lui avez cassé une patte, lui dis-je avec quelque froideur.

– Vous lui avez fait mal, s'écria le petit garçon d'un ton peiné.

– Pauvre petite bête ! s'écria-t-elle, changeant soudain de manières. Je suis bien fâchée de l'avoir blessée.

Elle avait l'air tout à fait décontenancée par cet incident et causa très peu pendant le reste de notre promenade.

Pour ma part, je ne pouvais guère la blâmer.

C'était évidemment une explosion du vieil instinct qui pousse le sauvage vers une proie, bien que cela produisît une impression assez désagréable de la part d'une jeune dame vêtue à la dernière mode et sur une grande route d'Angleterre.

Un jour qu'elle était sortie, John Thurston me fit jeter un coup d'œil dans la chambre qu'elle habitait.

Elle avait là une quantité de bibelots hindous, qui prouvaient qu'elle était venue de son pays natal avec une ample cargaison.

Son amour d'Orientale pour les couleurs vives se manifestait d'une façon amusante.

Elle était allée à la ville où se tenait le marché, y avait acheté beaucoup de feuilles de papier rouge et bleu, qu'elle avait fixées au moyen d'épingles sur le revêtement de couleur sombre que jusqu'alors couvrait le mur.

Elle avait aussi du clinquant qu'elle avait réparti dans les endroits les plus en vue, et pourtant il semblait qu'il y ait quelque chose de touchant dans cet effort pour reproduire l'éclat des tropiques dans cette froide habitation anglaise.

Pendant les quelques premiers jours que j'avais passés à Dunkelthwaite, les singuliers rapports qui existaient entre miss Warrender et le secrétaire avaient simplement excité ma curiosité, mais après des semaines, et quand je me fus intéressé davantage à la belle Anglo-Indienne, un sentiment plus profond et plus personnel s'empara de moi.

Je me mis le cerveau à la torture pour deviner quel était le lien qui les unissait.

Comme se faisait-il que tout en montrant de la façon la plus évidente qu'elle ne voulait pas de sa société pendant le jour, elle se promenât seule avec lui, la nuit venue ?

Il était possible que l'aversion qu'elle manifestait envers lui devant des tiers fût une ruse pour cacher ses véritables sentiments.

Une telle supposition amenait à lui attribuer une profondeur de dissimulation naturelle que semblait démentir la franchise de son regard, la netteté et la fierté de ses traits.

Et pourtant quelle autre hypothèse pouvait expliquer le pouvoir incontestable qu'il exerçait sur elle !

Cette influence perçait en bien des circonstances, mais il en usait d'une façon si tranquille, si dissimulée qu'il fallait une observation attentive pour s'apercevoir de sa réalité.

Je l'ai surpris lui lançant un regard si impérieux, même si menaçant, à ce qu'il me semblait, que le moment d'après, j'avais peine à croire que cette figure pâle et dépourvue d'expression fût capable d'en prendre une aussi marquée.

Lorsqu'il la regardait ainsi, elle se démenait, elle frissonnait comme si elle avait éprouvé de la souffrance physique.

« Décidément, me dis-je, c'est de la crainte et non de l'amour, qui produit de tels effets. »

Cette question m'intéressa tant, que j'en parlai à mon ami John.

Il était, à ce moment-là, dans son petit laboratoire, abîmé dans une série de manipulations, de distillations qui devaient aboutir à la production d'un gaz fétide, et nous faire tousser en nous prenant à la gorge.

Je profitai de la circonstance qui nous obligeait à respirer le grand air, pour l'interroger sur quelques points sur lesquels je désirais être renseigné.

– Depuis combien de temps disiez-vous que miss Warrender se trouve chez votre oncle ? demandai-je.

John me jeta un regard narquois et agita son doigt taché d'acide.

– Il me semble que vous vous intéressez bien singulièrement à la fille du défunt et regretté Achmet Genghis, dit-il.

– Comment s'en empêcher ? répondis-je franchement. Je lui trouve un des types les plus romanesques que j'aie jamais rencontrés.

– Méfiez-vous de ces études-là, mon garçon, dit John d'un ton paternel. C'est une occupation qui ne vaut rien à la veille d'un examen.

– Ne faites pas le nigaud, répliquai-je. Le premier venu pourrait croire que je suis amoureux de miss Warrender, à vous entendre parler ainsi. Je la regarde comme un problème intéressant de psychologie, voilà tout.

– C'est bien cela, un problème intéressant de psychologie, voilà tout.

Il me semblait que John devait avoir encore autour de lui quelques vapeurs de ce gaz, car ses façons étaient réellement irritantes.

– Pour en revenir à ma première question, dis-je, depuis combien de temps est-elle ici ?

– Environ dix semaines.

– Et Copperthorne ?

– Plus de deux ans.

– Avez-vous quelque idée qu'ils se soient déjà connus ?

– C'est impossible, déclara nettement John. Elle venait d'Allemagne. J'ai vu la lettre où le vieux négociant donnait des indications sur sa vie passée. Copperthorne est toujours resté dans le Yorkshire, en dehors de ses deux ans de Cambridge. Il a dû quitter l'Université dans des conditions peu favorables.

– En quel sens ?

– Sais pas, répondit John. On a tenu la chose sous clef. Je m'imagine que l'oncle Jérémie le sait. Il a la marotte de ramasser des déclassés et de leur refaire ce qu'il appelle une nouvelle vie. Un de ces jours, il lui arrivera quelque mésaventure avec un type de cette sorte.

– Aussi donc Copperthorne et miss Warrender étaient absolument étrangers l'un à l'autre il y a quelques semaines ?

– Absolument. Maintenant je crois que je ferai bien de rentrer et d'analyser le précipité.

– Laissez là votre précipité, m'écriai-je en le retenant. Il y a d'autres choses dont j'ai à vous parler. S'ils ne se connaissent que depuis quelques semaines, comment a-t-il fait pour acquérir le pouvoir qu'il exerce sur elle ?

John me regarda d'un air ébahi.

– Son pouvoir ? dit-il.

– Oui, l'influence qu'il possède sur elle.

– Mon cher Hugh, me dit bravement mon ami, je n'ai point pour habitude de citer ainsi l'Écriture, mais il y a un texte qui me revient impérieusement à l'esprit, et le voici : « Trop de science les a rendus fous. » Vous aurez fait des excès d'études.

– Entendez-vous dire par là, m'écriai-je, que vous n'avez jamais remarqué l'entente secrète qui paraît exister entre la gouvernante et le secrétaire de votre oncle ?

– Essayez du bromure de potassium, dit John. C'est un calmant très efficace à la dose de vingt grains.

– Essayez une paire de lunettes, répliquai-je. Il est certain que vous en avez grand besoin.

Et après avoir lancé cette flèche de Parthe je pivotai sur mes talons et m'éloignai de fort méchante humeur.

Je n'avais pas fait vingt pas sur le gravier du jardin, que je vis le couple dont nous venions de parler.

Ils étaient à quelque distance, elle adossée au cadran solaire, lui debout devant elle.

Il lui parlait vivement, et parfois avec des gestes brusques.

La dominant de sa taille haute et dégingandée, avec les mouvements qu'il imprimait à ses longs bras, il avait l'air d'une énorme chauve-souris planant au-dessus de sa victime.

Je me rappelle que cette comparaison fut celle-là même qui se présenta à ma pensée et qu'elle prit une netteté d'autant plus grande que je voyais dans les moindres détails de la belle figure se dessiner l'horreur et l'effroi.

Ce petit tableau servait si bien d'illustration au texte, sur lequel je venais de prêcher, que je fus tenté de retourner au laboratoire et d'amener l'incrédule John pour le lui faire contempler.

Mais avant que j'eusse le temps de prendre mon parti, Copperthorne m'avait entrevu.

Il fit demi-tour, et se dirigea d'un pas lent dans le sens opposé qui menait vers les massifs, suivi de près par sa compagne, qui coupait les fleurs avec son ombrelle tout en marchant. Après ce petit épisode, je rentrai dans ma chambre, bien décidé à reprendre mes études, mais, quoi que je fisse, mon esprit vagabondait bien loin de mes livres, et se mettait à spéculer sur ce mystère.

J'avais appris de John que les antécédents de Copperthorne n'étaient pas des meilleurs, et pourtant il avait évidemment conquis une influence énorme sur l'esprit affaibli de son maître.

Je m'expliquais ce fait, en remarquant la peine infinie, qu'il prenait pour se dévouer au dada du vieillard, et le tact consommé avec lequel il flattait et encourageait les singulières lubies poétiques de celui-ci.

Mais comment m'expliquer l'influence non moins évidente dont il jouissait sur la gouvernante ?

Elle n'avait pas de marotte qu'on pût flatter.

Un amour mutuel eût pu expliquer le lien qui existait entre elle et lui, mais mon instinct d'homme du monde et d'observateur de la nature humaine me disait de la façon la plus claire qu'un amour de cette sorte n'existait pas.

Si ce n'était point l'amour, il fallait que ce fût la crainte, et tout ce que j'avais vu confirmait cette supposition. Qu'était-il donc arrivé pendant ces deux mois qui pût inspirer à la hautaine princesse aux yeux noirs quelque crainte au sujet de l'Anglais à figure pâle, à la voix douce et aux manières polies ?

Tel était le problème que j'entrepris de résoudre en y mettant une énergie, une application qui tuèrent mon ardeur pour l'étude et me rendirent inaccessible à la crainte que devait m'inspirer mon examen prochain.

Je me hasardai à aborder le sujet dans l'après-midi de ce même jour avec miss Warrender, que je trouvai seule dans la bibliothèque, les deux bambins étant allés passer la journée dans la chambre d'enfants chez un squire du voisinage.

– Vous devez vous trouver bien seule quand il n'y a pas de visiteurs, dis-je. Il me semble que cette partie du pays n'offre pas beaucoup d'animation.

– Les enfants sont toujours une société agréable, répondit-elle. Néanmoins je regretterai beaucoup M. Thurston et vous-même, quand vous serez parti.

– Je serai fâché que ce jour arrive, dis-je. Je ne m'attendais pas à trouver ce séjour aussi agréable. Pourtant vous ne serez pas dépourvue de société après notre départ, vous aurez toujours M. Copperthorne.

– Oui, nous aurons toujours M. Copperthorne, dit-elle d'un air fort ennuyé.

– C'est un compagnon agréable, remarquai-je, tranquille, instruit, aimable. Je ne m'étonne pas que le vieux master Thurston se soit attaché à lui.

Tout en parlant, j'examinais attentivement mon interlocutrice.

Une légère rougeur passa sur ses joues brunes, et elle tapota impatiemment avec ses doigts sur les bras du fauteuil.

– Ses façons ont quelquefois de la froideur…

J'allais continuer, mais elle m'interrompit, me lança un regard étincelant de colère dans ses yeux noirs.

– Qu'est-ce que vous avez donc à me parler de lui ? demanda-t-elle.

– Je vous demande pardon, répondis-je d'un ton soumis, je ne savais pas que c'était un sujet interdit.

– Je ne tiens pas du tout à entendre même son nom, s'écria-t-elle avec emportement. Ce nom, je le déteste, comme je le hais, lui. Ah ! si j'avais seulement quelqu'un pour m'aimer, c'est-à-dire comme aiment les hommes d'au-delà des mers, dans mon pays, je sais bien ce que je lui dirais.

– Que lui diriez-vous ? demandai-je, tout étonné de cette explosion extraordinaire.

Elle se pencha si en avant, que je crus sentir sur ma figure sa respiration chaude et pantelante.

– Tuez Copperthorne, dit-elle, voilà ce que je lui dirais. Tuez Copperthorne. Alors vous pourrez revenir me parler d'amour.

Rien ne pourrait donner une idée de l'intensité de fureur qu'elle mit à lancer ces mots qui sifflèrent entre ses dents blanches.

En parlant, elle avait l'air si venimeuse que je reculai involontairement devant elle.

Se pouvait-il que ce serpent python et la jeune dame pleine de réserve qui se tenait bien, si tranquillement, à la table de l'oncle Jérémie ne fissent qu'un ?

J'avais bien compté que j'arriverais à voir quelque peu dans son caractère au moyen de questions détournées, mais je ne m'attendais guère à évoquer un esprit pareil.

Elle dut voir l'horreur et l'étonnement se peindre sur ma physionomie, car elle changea d'attitude et eut un rire nerveux.

– Vous devez certainement me croire folle, dit-elle, vous voyez que c'est l'éducation hindoue qui se fait jour. Là-bas nous ne faisons rien à demi, dans l'amour et dans la haine.

– Et pourquoi donc haïssez-vous M. Copperthorne ? demandai-je.

– Au fait, répondit-elle en radoucissant sa voix, le mot de haine est peut-être un peu trop fort, mieux vaudrait celui de répulsion. Il est des gens qu'on ne peut s'empêcher de prendre en aversion, alors même qu'on n'a aucun motif à en donner.

Évidemment elle regrettait l'éclat qu'elle venait de faire, et tâchait de le masquer par des explications.

Voyant qu'elle cherchait à changer de conversation, je l'y aidai.

Je fis des remarques sur un livre de gravures hindoues qu'elle était allée prendre avant mon arrivée et qui était resté sur ses genoux.

La Bibliothèque de l'oncle Jérémie était fort complète, et particulièrement riche en ouvrages de cette catégorie.

– Elles ne sont pas des plus exactes, dit-elle en tournant les pages d'enluminures.

– Toutefois celle-ci est bonne, reprit-elle en désignant une gravure qui représentait un chef vêtu d'une cotte de mailles, et coiffé d'un turban pittoresque ; celle-ci est vraiment très bonne. Mon père était ainsi vêtu quand il montait son cheval de combat tout blanc, et conduisait tous les guerriers de Dooab à la bataille contre les Feringhees. Mon père fut choisi parmi eux tous, car ils savaient qu'Achmet Genghis Khan était un grand-prêtre autant qu'un grand soldat. Le peuple ne voulait d'autre chef qu'un Borka éprouvé. Il est mort maintenant, et de tous ceux qui ont suivi son étendard, il n'en est plus qui ne soient dispersés ou qui n'aient péri, pendant que moi, sa fille, je suis une mercenaire sur une terre lointaine.

– Sans doute, vous retournerez un jour dans l'Inde, dis-je en faisant de mon mieux pour lui donner une faible consolation.

Elle tourna les pages distraitement quelques minutes sans répondre.

Puis, elle laissa échapper soudain un petit cri de plaisir en voyant une des images.

– Regardez-le, s'écria-t-elle aussitôt. Voici un de nos exilés. C'est un Bhuttotee. Il est très ressemblant.

La gravure qui l'excitait ainsi, représentait un indigène d'aspect fort peu engageant, tenant d'une main un petit instrument qui avait l'air d'une pioche en miniature, et de l'autre une pièce carrée de toile rayée.

– Ce mouchoir, c'est son roomal, dit-elle. Naturellement, il ne circulerait pas ainsi en public comme cela. Il ne porterait pas non plus sa hache sacrée, mais sous tous les autres rapports il est exactement tel qu'il doit être. Bien des fois je me suis trouvée avec des gens comme lui pendant les nuits sans lune, avec les Lughaees marchant à l'avant, quand l'étranger sans méfiance entendait le Pilhaoo à sa gauche, et ne savait pas ce que cela signifiait. Ah, c'était une vie qui valait la peine d'être vécue.

– Mais qu'est-ce qu'un roomal, et le Lughaee, et le reste, demandai-je.

– Oh ! ce sont des mots indiens, répondit-elle en riant. Vous ne les comprendriez pas.

– Mais cette gravure a pour légende : « Un Dacoït » et j'ai toujours cru qu'un Dacoït est un voleur.

– C'est que les Anglais n'en savent pas davantage, remarqua-t-elle. Certes, les Dacoïts sont des voleurs, mais on qualifie de voleurs bien des gens qui ne le sont réellement pas ; eh bien, cet homme est un saint homme, et selon toute probabilité c'est un gourou.

Elle m'aurait peut-être donné plus de renseignements sur les mœurs et les coutumes de l'Inde, car c'était un sujet dont elle aimait à parler, quand soudain je vis un changement se produire dans sa physionomie.

Elle tourna son regard fixe sur la fenêtre qui était derrière moi.

Je me retournai pour voir, et j'aperçus tout au bord la figure du secrétaire qui épiait furtivement.

J'avoue que j'eus un tressaillement à cette vue, car avec sa pâleur cadavéreuse, cette tête avait l'air de celle d'un décapité.

Il poussa la fenêtre et l'ouvrit en s'apercevant qu'il avait été vu.

– Je suis fâché de vous déranger, dit-il en avançant la tête, mais ne trouvez-vous pas, miss Warrender, qu'il est malheureux d'être enfermé dans une pièce étroite par un si beau jour. N'êtes-vous pas disposée à sortir et faire un tour ?

Bien que son langage fût poli, ses paroles étaient prononcées d'une voix dure, presque menaçante, qui leur donnait le ton du commandement plutôt que celui de la prière.

La gouvernante se leva et, sans protester, sans faire de remarque, elle sortit doucement pour prendre son chapeau.

Ce fut là une preuve nouvelle de l'empire que Copperthorne exerçait sur elle.

Et comme il me regardait par la fenêtre ouverte, un sourire moqueur se jouait sur ses lèvres minces.

On eût dit qu'il avait voulu me provoquer par cette démonstration de son pouvoir.

Avec le soleil derrière lui, on l'eut pris pour un démon entouré d'une auréole.

Il resta ainsi quelques instants à me regarder fixement, la figure empreinte d'une méchanceté concentrée.

Puis j'entendis son pas lourd qui faisait craquer le gravier de l'allée, pendant qu'il se dirigeait vers la porte.

V

Pendant les quelques jours qui suivirent l'entrevue où miss Warrender m'avait avoué la haine que lui inspirait le secrétaire, tout alla bien à Dunkelthwaite.

J'eus plusieurs longues conversations avec elle dans des promenades que nous faisions à l'aventure dans les bois, avec les deux bambins, mais je ne réussis point à la faire s'expliquer nettement sur l'accès de violence qu'elle avait eu dans la bibliothèque, et elle ne me dit pas un mot qui pût jeter quelque lumière sur le problème qui m'intéressait si vivement.

Toutes les fois que je faisais une remarque qui pouvait conduire dans cette direction, elle me répondait avec une réserve extrême, ou bien elle s'apercevait tout à coup qu'il n'était que temps pour les enfants de retourner dans leur chambre, de sorte que j'en vins à désespérer d'apprendre d'elle-même quoi que ce fût.

Pendant ce temps, je ne me livrai à mes études que d'une manière irrégulière, par boutades.

De temps à autre, l'oncle Jérémie, de son pas traînant, entrait chez moi, un rouleau de manuscrits à la main, pour me lire des extraits de son grand poème épique.

Lorsque j'éprouvais le besoin d'une société, j'allais faire un tour dans le laboratoire de John, de même qu'il venait me trouver chez moi, quand la solitude lui pesait.

Parfois, je variais la monotonie de mes études en prenant mes livres et m'installant à l'aise dans les massifs où je passais le jour à travailler.

Quant à Copperthorne, je l'évitais autant que possible, et de son côté il n'avait nullement l'air empressé de cultiver ma connaissance.

Un jour, dans la seconde semaine de juin, John vint me trouver un télégramme à la main et l'air extrêmement ennuyé.

– En voilà, une affaire ! s'écria-t-il. Le papa m'enjoint de partir séance tenante pour me rendre à Londres. Ce doit être pour quelque histoire de légalité. Il a toujours menacé de mettre ordre à ses affaires, et maintenant il lui a pris une crise d'énergie et il veut en finir.

– Vous ne serez pas longtemps absent, je suppose ? dis-je.

– Une semaine ou deux peut-être. C'est une chose bien désagréable. Cela tombe juste au moment où je comptais réussir à décomposer cet alcaloïde.

– Vous le retrouverez tel quel quand vous reviendrez, dis-je en riant. Il n'y a personne ici qui se mêle de le décomposer en votre absence.

– Ce qui m'ennuie le plus, c'est de vous laisser ici, reprit-il. Il me semble que c'est mal remplir les devoirs de l'hospitalité que de faire venir un camarade dans ce séjour solitaire et de s'en aller brusquement en le plantant là.

– Ne vous tourmentez pas à mon sujet répondis-je. J'ai beaucoup trop de besogne pour me sentir seul. En outre, j'ai trouvé ici des attractions sur lesquelles je ne comptais pas du tout. Je ne crois pas qu'il y ait dans ma vie six semaines qui m'aient paru aussi courtes que les dernières.

– Oh ! elles ont passé si vite que cela ? dit John, en se moquant.

Je suis convaincu qu'il était toujours dans son illusion de me croire amoureux fou de la gouvernante.

Il partit ce même jour par un train du matin, en promettant d'écrire et de nous envoyer son adresse à Londres, car il ne savait pas dans quel hôtel son père descendrait.

Je ne me doutais pas des conséquences qui résulteraient de ce mince détail, je ne me doutais pas non plus de ce qui allait arriver avant que je pusse revoir mon ami.

À ce moment-là, son départ ne me faisait aucune peine.

Il en résultait simplement que nous quatre qui restions, nous allions être en contact plus intime et il semblait que cela dût favoriser la solution du problème auquel je prenais de jour en jour un plus vif intérêt.

À un quart de mille environ de la maison de Dunkelthwaite se trouve un petit village formé d'une longue rue, qui porte le même nom, et composé de vingt ou trente cottages aux toits d'ardoises, et d'une église vêtue de lierre toute voisine de l'inévitable cabaret.

L'après-midi du jour même où John nous quitta, miss Warrender et les deux enfants se rendirent au bureau de poste et je m'offris à les accompagner.

Copperthorne n'eût pas demandé mieux que d'empêcher cette excursion ou de venir avec nous, mais, heureusement pour nous, l'oncle Jérémie était en proie aux affres de l'inspiration et ne pouvait se passer des services de son secrétaire.

Ce fut, je m'en souviens, une agréable promenade, car la route était bien ombragée d'arbres où les oiseaux chantaient joyeusement.

Nous fîmes le trajet à loisir, en causant de bien des choses, pendant que le bambin et la fillette couraient et cabriolaient devant nous.

Avant d'arriver au bureau de poste, il faut passer devant le cabaret dont il a été question.

Comme nous parcourions la rue du village, nous nous aperçûmes qu'un petit rassemblement s'était formé devant cette maison.

Il y avait là dix ou douze garçons en guenilles ou fillettes aux nattes sales, quelques femmes la tête nue, et deux ou trois hommes sortis du comptoir où ils flânaient.

C'était sans doute le rassemblement le plus nombreux qui ait jamais fait figure dans les annales de cette paisible localité.

Nous ne pouvions pas voir quelle était la cause de leur curiosité ; mais nos bambins partirent à toutes jambes, et revinrent bientôt, bourrés de renseignements.

– Oh ! miss Warrender, cria Johnnie qui accourait tout haletant d'empressement. Il y a là un homme noir comme ceux des histoires que vous nous racontez.

– Un bohémien, je suppose, dis-je.

– Non, non, dit Johnnie d'un ton décisif.

– Il est plus noir encore que ça, n'est-ce pas, May ?

– Plus noir que ça, redit la fillette.

– Je crois que nous ferions mieux d'aller voir ce que c'est que cette apparition extraordinaire, dis-je.

En parlant, je regardai ma compagne, et je fus fort surpris de la voir toute pâle, avec les yeux pour ainsi dire resplendissants d'agitation contenue.

– Est-ce que vous vous trouvez mal ? demandai-je.

– Oh non ! dit-elle avec vivacité, en hâtant le pas. Allons, allons !

Ce fut certainement une chose curieuse qui s'offrit à notre vue quand nous eûmes rejoint le petit cercle de campagnards.

J'eus aussitôt présente à la mémoire la description du Malais mangeur d'opium que De Quincey vit dans une ferme d'Écosse.

Au centre de ce groupe de simples paysans du Yorkshire, se tenait un voyageur oriental de haute taille, au corps élancé, souple et gracieux ; ses vêtements de toile salis par la poussière des routes et ses pieds bruns sortant de ses gros souliers.

Évidemment, il venait de loin et avait marché longtemps.

Il tenait à la main un gros bâton, sur lequel il s'appuyait, tout en promenant ses yeux noirs et pensifs dans l'espace, sans avoir l'air de s'inquiéter de la foule qui l'entourait.

Son costume pittoresque, avec le turban de couleur qui couvrait sa tête à la teinte basanée, produisait un effet étrange et discordant en ce milieu prosaïque.

– Pauvre garçon ! me dit miss Warrender d'une voix agitée et haletante. Il est fatigué. Il a faim, sans aucun doute, et il ne peut faire comprendre ce qu'il lui faut. Je vais lui parler.

Et, s'approchant de l'Hindou, elle lui adressa quelques mots dans le dialecte de son pays.

Jamais je n'oublierai l'effet que produisirent ces quelques syllabes.

Sans prononcer un mot, le voyageur se jeta la face contre terre sur la poussière de la route, et se traîna littéralement aux pieds de ma compagne.

J'avais vu dans des livres de quelle façon les Orientaux manifestent leur abaissement en présence d'un supérieur, mais je n'aurais jamais pu m'imaginer qu'aucun être humain descendît jusqu'à une humilité aussi abjecte que l'indiquait l'attitude de cet homme.

Miss Warrender reprit la parole d'un ton tranchant, impérieux.

Aussitôt il se redressa et resta les mains jointes, les yeux baissés, comme un esclave devant sa maîtresse.

Le petit rassemblement qui semblait croire que ce brusque prosternement était le prélude de quelque tour de passe-passe ou d'un chef d'œuvre d'acrobatie, avait l'air de s'amuser et de s'intéresser à l'incident.

– Consentiriez-vous à emmener les enfants et à mettre les lettres à la poste ? demanda la gouvernante. Je voudrais bien dire un mot à cet homme.

Je fis ce qu'elle me demandait.

Quelques minutes après, quand je revins, ils causaient encore.

L'Hindou paraissait raconter ses aventures ou expliquer les motifs de son voyage.

Ses doigts tremblaient ; ses yeux pétillaient.

Miss Warrender écoutait avec attention, laissant échapper de temps à autre un mouvement brusque ou une exclamation, et montrant ainsi combien elle était intéressée par les détails que donnait cet homme.

– Je dois vous prier de m'excuser pour vous avoir tenu si longtemps au soleil, dit-elle enfin en se tournant vers moi. Il faut que nous rentrions. Autrement nous serons en retard pour le dîner.

Elle prononça ensuite quelques phrases sur un ton de commandement et laissa son noir interlocuteur debout dans la rue du village.

Puis nous rentrâmes avec les enfants.

– Et bien ! demandai-je, poussé par une curiosité bien naturelle, lorsque nous ne fûmes plus à portée d'être entendus des visiteurs. Qui est-il ? qu'est-il ?

– Il vient des Provinces centrales, près du pays des Mahrattes. C'est un des nôtres. J'ai été réellement bouleversée de rencontrer un compatriote d'une manière aussi inattendue. Je me sens tout agitée.

– Voilà qui a dû vous faire plaisir, remarquai-je.

– Oui, un très grand plaisir, dit-elle vivement.

– Et comment se fait-il qu'il se soit prosterné ainsi ?

– Parce qu'il savait que je suis la fille d'Achmet Genghis Khan, dit-elle avec fierté.

– Et quel hasard l'a amené ici ?

– Oh ! c'est une longue histoire, dit-elle négligemment. Il a mené une vie errante. Comme il fait sombre dans cette avenue et comme les grandes branches s'entrecroisent là-haut ! Si l'on s'accroupissait sur l'une d'elles, il serait facile de se laisser tomber sur le dos de quelqu'un qui passerait. On ne saurait jamais que vous êtes là, jusqu'au moment où vous auriez vos doigts serrés autour de la gorge du passant.

– Quelle horrible pensée ! m'écriai-je.

– Les endroits sombres me donnent toujours de sombres pensées, dit-elle d'un ton léger. À propos, j'ai une faveur à vous demander, M. Lawrence.

– De quoi s'agit-il ? demandai-je.

– Ne dites pas un mot à la maison au sujet de mon pauvre compatriote. On pourrait le prendre pour un coquin, un vagabond, vous savez, et donner l'ordre de le chasser du village.

– Je suis convaincu que M. Thurston n'aurait jamais cette dureté.

– Non, mais M. Copperthorne en est capable.

– Je ferai ce que vous voudrez, dis-je, mais les enfants parleront certainement.

– Non, je ne crois pas, répondit-elle.

Je ne sais comment elle s'y prit pour empêcher ces petites langues bavardes, mais, en fait, elles se turent sur ce point, et ce jour-là on ne dit pas un mot de l'étrange visiteur qui, de course en course, était venu jusque dans notre petit village.

J'avais quelque soupçon subtil que ce fils des régions tropicales n'était point arrivé par hasard jusqu'à nous, mais qu'il s'était rendu à Dunkelthwaite pour y remplir une mission déterminée.

Le lendemain, j'eus la preuve la plus convaincante possible qu'il était encore dans les environs, car je rencontrai miss Warrender pendant qu'elle descendait par l'allée du jardin avec un panier rempli de croûtes de pain et de morceaux de viande.

Elle avait l'habitude de porter ces restes à quelques vieilles femmes du pays.

Aussi je m'offris à l'accompagner.

– Est-ce chez la vieille Venables ou chez la bonne femme Taylforth que vous allez aujourd'hui ? demandai-je.

– Ni chez l'une ni chez l'autre, dit-elle en souriant. Il faut que je vous dise la vérité, M. Lawrence. Vous avez toujours été un bon ami pour moi et je sais que je puis avoir confiance en vous. Je vais suspendre le panier à cette branche-ci et il viendra le chercher.

– Il est encore par ici ? remarquai-je.

– Oui, il est encore par ici.

– Vous croyez qu'il le découvrira ?

– Oh ! pour cela, vous pouvez vous en rapporter à lui, dit-elle. Vous ne trouverez pas mauvais que je lui donne quelque secours, n'est-ce pas ? Vous en feriez tout autant si vous aviez vécu parmi les Hindous, et que vous vous trouviez brusquement transplanté chez un Anglais. Venez dans la serre, nous jetterons un coup d'œil sur les fleurs.

Nous allâmes ensemble dans la serre chaude.

À notre retour, le panier était resté suspendu à la branche, mais son contenu avait disparu.

Elle le reprit en riant et le rapporta à la maison.

Il me parut que depuis cette entrevue de la veille avec son compatriote, elle avait l'esprit plus gai, le pas plus libre, plus élastique.

C'était peut-être une illusion, mais il me sembla aussi qu'elle avait l'air moins contrainte qu'à l'ordinaire en présence de Copperthorne, qu'elle supportait ses regards avec moins de crainte, et était moins sous l'influence de sa volonté.

Et maintenant j'en viens à la partie de mon récit où j'ai à dire comment j'arrivai à pénétrer les relations qui existaient entre ces deux étranges créatures, comment j'appris la terrible vérité au sujet de miss Warrender, ou de la Princesse Achmet Genghis ; j'aime mieux la désigner ainsi, car elle tenait assurément plus de ce redoutable et fanatique guerrier, que de sa mère, si douce.

Cette révélation fut pour moi un coup violent, dont je n'oublierai jamais l'effet.

Il peut se faire que d'après la manière dont j'ai retracé ce récit, en appuyant sur les faits qui y ont quelque importance, et omettant ceux qui n'en ont pas, mes lecteurs aient déjà deviné le projet qu'elle avait au cœur.

Quant à moi, je déclare solennellement que jusqu'au dernier moment je n'eus pas le plus léger soupçon de la vérité.

J'ignorais tout de la femme, dont je serrais amicalement la main et dont la voix charmait mon oreille.

Cependant, je crois aujourd'hui encore qu'elle était vraiment bien disposée envers moi et qu'elle ne m'aurait fait aucun mal volontairement.

Voici comment se fit cette révélation.

Je crois avoir déjà dit qu'il se trouvait au milieu des massifs une sorte d'abri, où j'avais l'habitude d'étudier pendant la journée.

Un soir, vers dix heures, comme je rentrais chez moi, je me rappelai que j'avais oublié dans cet abri un traité de gynécologie, et comme je comptais travailler un couple d'heures avant de me coucher, je me mis en route pour aller le chercher.

L'oncle Jérémie et les domestiques étaient déjà au lit.

Aussi descendis-je sans faire de bruit, et je tournai doucement la clef dans la serrure de la porte d'entrée.

Une fois dehors, je traversai à grands pas la pelouse, pour gagner les massifs, reprendre mon bien et revenir aussi promptement que possible.

J'avais à peine franchi la petite grille de bois, et j'étais à peine entré dans le jardin que j'entendis un bruit de voix.

Je me doutai bien que j'étais tombé sur une de ces entrevues nocturnes que j'avais remarquées de ma fenêtre.

Ces voix étaient celles du secrétaire et de la gouvernante, et il était évident pour moi, d'après la direction d'où elles venaient, qu'ils étaient assis dans l'abri, et qu'ils causaient sans se douter le moins du monde qu'il y eut un tiers.

J'ai toujours regardé le fait d'écouter aux portes comme une preuve de bassesse, en quelque circonstance que ce fût, et si curieux que je fusse de savoir ce qui se passait entre ces deux personnes, j'allais tousser ou indiquer ma présence par quelque autre signal, quand j'entendis quelques mots prononcés par Copperthorne, qui m'arrêtèrent brusquement et mirent toutes mes facultés en un état de désordre et d'horreur.

– On croira qu'il est mort d'apoplexie.

Tels furent les mots qui m'arrivèrent clairement, distinctement, dans la voix tranchante du secrétaire, à travers l'air tranquille.

Je restai la respiration suspendue, à écouter de toutes mes oreilles.

Je ne songeais plus du tout à avertir de ma présence.

Quel était le crime que tramaient ces conspirateurs si dissemblables en cette belle nuit d'été ?

J'entendis le son grave et doux de la voix de miss Warrender, mais elle parlait si vite, si bas que je ne pus distinguer les mots.

Son intonation me permettait de juger qu'elle était sous l'influence d'une émotion profonde.

Je me rapprochai sur la pointe des pieds, en tendant l'oreille pour saisir le plus léger bruit.

La lune n'était pas encore levée et il faisait très sombre sous les arbres.

Il y avait fort peu de chances pour que je fusse aperçu.

– Mangé son pain, vraiment ! disait le secrétaire d'un ton de raillerie. D'ordinaire vous n'êtes pas si bégueule. Vous n'avez pas eu cette idée-là quand il s'agissait de la petite Ethel.

– J'étais folle ! j'étais folle ! cria-t-elle d'une voix brisée. J'avais beaucoup prié Bouddha et la grande Bowhanee et il me semblait que dans ce pays d'infidèles, ce serait pour moi une grande et glorieuse action, si moi, une femme isolée, j'agissais suivant les enseignements de mon noble père. On n'admet qu'un petit nombre de femmes dans les mystères de notre foi, et c'est uniquement le hasard qui m'a valu cet honneur. Mais une fois que le chemin fut ouvert devant moi, j'y marchai droit, et sans crainte, et dès ma quatorzième année, le grand gourou Ramdeen Singh déclara que je méritais de m'asseoir sur le tapis du Trepounee avec les autres Bhuttotees.

Oui, je le jure par la hache sacrée, j'ai bien souffert en cette occasion, car qu'avait-elle fait, la pauvre petite, pour être sacrifiée !

– Je m'imagine que votre repentir tient beaucoup plus à ce que vous avez été surprise par moi qu'au côté moral de l'affaire, dit Copperthorne, railleur. J'avais déjà conçu des soupçons, mais ce fut seulement en vous voyant surgir le mouchoir à la main que je fus certain d'avoir cet honneur, l'honneur d'être en présence d'une Princesse des Thugs. Une potence anglaise serait une fin bien prosaïque pour une créature aussi romanesque.

– Et depuis vous vous êtes servi de votre découverte pour tuer tout ce qu'il y a de vivant en moi, dit-elle avec amertume. Vous avez fait de mon existence un fardeau pour moi.

– Un fardeau pour vous ! dit-il d'une voix altérée. Vous savez ce que j'éprouve à votre égard. Si, de temps à autre, je vous ai dirigée par la crainte d'une dénonciation, c'est uniquement parce que je vous ai trouvée insensible à l'influence plus douce de l'amour.

– L'amour ! s'écria-t-elle avec amertume. Comment aurais-je pu aimer l'homme qui me faisait sans cesse entrevoir la perspective d'une mort infâme ? Mais venons au fait. Vous me promettez ma liberté sans restriction si je fais seulement pour vous cette chose ?

– Oui, répondit Copperthorne, vous pourrez partir quand vous voudrez dès que la chose sera faite. J'oublierai que je vous ai vue ici dans ces massifs.

– Vous le jurez ?

– Oui, je le jure.

– Je ferais n'importe quoi pour recouvrer ma liberté, dit-elle.

– Nous n'aurons jamais autant de chances de succès, s'écria Copperthorne. Le jeune Thurston est parti, et son ami dort profondément. Il est trop stupide pour se douter de quelque chose. Le testament est fait en ma faveur et, si le vieux meurt, il n'est pas un brin d'herbe, pas un grain de sable qui ne m'appartienne ici.

– Pourquoi n'agissez-vous pas vous même alors ? demanda-t-elle.

– Ce n'est point dans ma manière, dit-il. En outre, je n'ai pas attrapé le tour de main. Ce roomal, c'est ainsi que vous appelez cela, ne laisse aucune trace. C'est ce qui en fait l'avantage.

– C'est un acte infâme que d'assassiner son bienfaiteur.

– Mais c'est une grande chose que de servir Bowhanee, la déesse de l'assassinat. Je connais assez votre religion pour savoir cela. Votre père ne le ferait-il pas, s'il était ici ?

– Mon père était le plus grand de tous les Borkas de Jublepore, dit-elle fièrement. Il a fait périr plus d'hommes qu'il n'y a de jours dans l'année.

– J'aurais bien donné mille livres pour ne pas le rencontrer, dit Copperthorne en riant. Mais que dirait maintenant Achmet Genghis Khan, s'il voyait sa fille hésiter en présence d'une chance, aussi favorable pour servir les dieux ? Jusqu'à ce moment vous avez agi dans la perfection. Il a bien dû sourire en voyant la jeune âme de la petite Ethel voleter jusque devant ce dieu ou cette goule de chez vous. Peut-être n'est-ce pas le premier sacrifice que vous ayez fait. Parlons un peu de la fille de ce brave négociant allemand. Ah ! je vois à votre figure que j'ai encore raison. Après avoir agi ainsi, vous avez tort d'hésiter maintenant qu'il n'y a plus aucun danger, et que toute la tâche nous sera rendue facile. En outre, cet acte vous délivrera de l'existence que vous menez ici, et qui ne doit pas être des plus agréables, attendu que vous avez continuellement la corde au cou pour ainsi dire. Si la chose doit se faire, qu'elle se fasse sur le champ. Il pourrait refaire son testament d'un instant à l'autre, car il a de l'affection pour le jeune homme et il est aussi changeant qu'une girouette.

Il y eut un long silence, un silence si profond qu'il me sembla entendre dans l'obscurité les battements violents de mon cœur.

– Quand la chose se fera-t-elle ? demanda-t-elle enfin.

– Pourquoi pas demain dans la nuit ?

– Comment parviendrai-je jusqu'à lui ?

– Je laisserai la porte ouverte, dit Copperthorne. Il a le sommeil lourd et je laisserai une veilleuse allumée pour que vous puissiez vous diriger.

– Et ensuite ?

– Ensuite vous rentrerez chez vous. Le matin, on découvrira que notre pauvre vieux maître est mort pendant son sommeil. On découvrira aussi qu'il a laissé tout ce qu'il possède en ce monde à son fidèle secrétaire, comme une faible marque de reconnaissance pour son dévouement au travail. Alors comme on n'aura plus besoin des services de miss Warrender, elle sera libre de retourner dans sa chère patrie, où dans tout autre pays qui lui plaira. Elle pourra se sauver, si elle veut, avec M. John Lawrence, étudiant en médecine.

– Vous m'insultez, dit-elle avec colère.

Puis, après un silence :

– Il faut que nous nous retrouvions demain soir avant que j'agisse.

– Pourquoi cela ?

– Parce que j'aurai peut-être besoin de quelques nouvelles instructions.

– Soit, eh bien, ici, à minuit, dit-il.

– Non, pas ici, c'est trop près de la maison. Retrouvons-nous sous le grand chêne qui est au commencement de l'avenue.

– Où vous voudrez, répondit-il d'un ton bourru, mais rappelez-vous le bien, j'entends ne pas être avec vous au moment où vous ferez la chose.

– Je ne vous le demanderai pas, dit-elle avec dédain. Je crois que nous avons dit ce soir tout ce qu'il fallait dire.

J'entendis le bruit que fit l'un d'eux en se levant, et, bien qu'ils eussent continué à causer, je ne m'arrêtai pas à en entendre plus long.

Je quittai furtivement ma cachette, pour traverser la pelouse plongée dans l'obscurité, et je gagnai la porte, que je refermai derrière moi.

Ce fut seulement quand je fus rentré chez moi, quand je me laissai aller dans mon fauteuil, que je me trouvai en état de remettre quelque ordre dans mes pensées bouleversées et de songer au terrible entretien que j'avais écouté.

Cette nuit-là, pendant de longues heures, je restai immobile, méditant sur chacune des paroles entendues, et m'efforçant de combiner un plan d'action pour l'avenir.

VI

Les Thugs ! J'avais entendu parler des féroces fanatiques de ce nom qu'on trouve dans les régions centrales de l'Inde, et auxquels une religion détournée de son but présente l'assassinat comme l'offrande la plus précieuse et la plus pure qu'un mortel puisse faire au Créateur.

Je me rappelle une description que j'avais lue dans les œuvres du colonel Meadows Taylor, où il était question du secret des Thugs, de leur organisation, de leur foi implacable et de l'influence terrible que leur manie homicide exerce sur toutes les autres facultés mentales et morales.

Je me rappelai même que le mot de roomal, – un mot que j'avais vu revenir plus d'une fois – désignait le foulard sacré au moyen duquel ils avaient coutume d'accomplir leur diabolique besogne.

Miss Warrender était déjà femme quand elle les avait quittés, et à en croire ce qu'elle disait, elle qui était la fille de leur principal chef, il n'était pas étonnant qu'une culture toute superficielle n'eût pas déraciné toutes les impressions premières ni empêché le fanatisme de se faire jour à l'occasion.

C'était probablement pendant une de ces crises qu'elle avait mis fin aux jours de la pauvre Ethel après avoir soigneusement préparé un alibi pour cacher son crime, et Copperthorne ayant découvert par hasard cet assassinat, cela lui avait donné l'ascendant qu'il exerçait sur son étrange complice.

De tous les genres de morts, celui de la pendaison est regardé dans ces tribus comme le plus impie, le plus dégradant, et sachant qu'elle s'était exposée à cette mort d'après la loi du pays, elle y voyait évidemment une nécessité inéluctable de soumettre sa volonté, de dominer sa nature impérieuse lorsqu'elle se trouvait en présence du secrétaire.

Quant à Copperthorne, après avoir réfléchi sur ce qu'il avait fait et sur ce qu'il comptait faire, je me sentais l'âme pleine d'horreur et de dégoût à son égard.

C'était donc ainsi qu'il reconnaissait les bontés que lui avait prodiguées le pauvre vieux.

Il lui avait déjà arraché par ses flatteries une signature qui était l'abandon de ses propriétés, et maintenant, comme il craignait que quelques remords de conscience ne modifiassent la volonté du vieillard, il avait résolu de le mettre hors d'état d'y ajouter un codicille.

Tout cela était assez canaille, mais ce qui semblait y mettre le comble, c'était que trop lâche pour exécuter son projet de sa propre main, il avait à mis à profit les horribles idées religieuses de cette malheureuse créature, pour faire disparaître l'oncle Jérémie d'une façon telle que nul soupçon ne pût atteindre le véritable auteur du crime.

Je décidai en moi-même que, quoi qu'il dût arriver, le secrétaire n'échapperait point au châtiment qui lui était dû.

Mais que faire ?

Si j'avais connu l'adresse de mon ami, je lui aurais envoyé un télégramme le lendemain matin, et il aurait pu être de retour à Dunkelthwaite avant la nuit.

Malheureusement, John était le pire des correspondants, et bien qu'il fût parti depuis quelques jours déjà, nous n'avions point reçu de ses nouvelles.

Il y avait trois servantes dans la maison, mais pas un homme, à l'exception du vieil Élie, et je ne connaissais dans le pays personne sur qui je puisse compter.

Toutefois, cela importait peu, car je me savais de force à lutter avec grand avantage contre le secrétaire, et j'avais assez confiance en moi-même pour être sûr que ma seule résistance suffirait pour empêcher absolument l'exécution du complot.

La question était de savoir quelles étaient les meilleures mesures que je devais prendre en de telles circonstances.

Ma première idée fut d'attendre tranquillement jusqu'au matin, et alors d'envoyer sans esclandre au poste de police le plus proche pour en ramener deux constables.

Alors je pourrais livrer Copperthorne et sa complice à la justice et raconter l'entretien que j'avais entendu.

En y réfléchissant davantage, je reconnus que ce plan était tout à fait impraticable.

Avais-je l'ombre d'une preuve contre eux en dehors de mon histoire ?

Et cette histoire ne paraîtrait-elle pas d'une absurde invraisemblance à des gens qui ne me connaissaient pas ?

Et je m'imaginais bien aussi de quel ton rassurant, de quel air impassible Copperthorne repousserait l'accusation, combien il s'étendrait sur la malveillance que j'éprouvais contre lui et sa complice à cause de leur affection réciproque ; combien il lui serait aisé de faire croire à une tierce personne que je montais de toutes pièces une histoire pour nuire à un rival ; combien il me serait difficile de persuader à qui que ce fut que ce personnage à tournure d'ecclésiastique et cette jeune personne vêtue à la dernière mode étaient deux animaux de proie associés pour chasser.

Je sentais que je commettrais une grosse erreur en me montrant avant d'être sûr que je tenais le gibier.

L'autre alternative était de ne rien dire et de laisser les événements suivre leurs cours, en me tenant toujours prêt à intervenir lorsque les preuves contre les conspirateurs paraîtraient concluantes.

C'était bien la marche qui se recommandait d'elle-même à mon caractère jeune et aventureux.

C'était aussi celle qui semblait la plus propre à amener aux résultats décisifs.

Lorsqu'enfin à la pointe du jour je m'allongeai sur mon lit, j'avais complètement fixé dans mon esprit la résolution de garder pour moi ce que je savais et de m'en rapporter à moi seul pour faire échouer le complot sanguinaire que j'avais surpris.

Le lendemain, l'oncle Jérémie se montra plein d'entrain après le déjeuner, et voulut à toute force lire tout haut une scène des Cenci de Shelley, œuvre pour laquelle il avait une admiration profonde.

Copperthorne était auprès de lui, silencieux, impénétrable, excepté quand il émettait quelque indication, ou lâchait un cri d'admiration.

Miss Warrender semblait plongée dans ses pensées et je crus voir une fois ou deux des larmes dans ses yeux noirs.

J'éprouvais une étrange sensation à épier ces trois personnages et à réfléchir sur les rapports qui existaient réellement entre eux.

Mon cœur s'échauffait à la vue du petit vieux à la figure rougeaude, mon hôte, avec sa coiffure bizarre et ses façons d'autrefois.

Je me jurais intérieurement qu'on ne lui ferait aucun mal tant que je serais en état de l'empêcher.

Le jour s'écoula long, ennuyeux.

Il me fut impossible de m'absorber dans mon travail, aussi me mis-je à errer sans trêve par les corridors de la vieille bâtisse et par le jardin.

Copperthorne était en haut avec l'oncle Jérémie, et je le vis peu.

Deux fois, pendant que je me promenais dehors à grands pas, je vis la gouvernante venant de mon côté avec les enfants, et chaque fois je m'écartai promptement pour l'éviter.

Je sentais que je ne pourrais lui parler sans laisser voir l'horreur indicible qu'elle m'inspirait et sans lui montrer que j'étais au courant de ce qui s'était passé la nuit d'avant.

Elle remarqua que je l'évitais, car, au déjeuner, mes yeux s'étant un instant portés sur elle, je vis dans les siens un éclair de surprise et de colère, auquel néanmoins je ne ripostai pas.

Le courrier du jour apporta une lettre de John où il m'informait qu'il était descendu à l'hôtel Langham.

Je savais qu'il était désormais impossible de recourir à lui pour partager avec lui la responsabilité de tout ce qui pourrait arriver.

Cependant, je crus de mon devoir de lui envoyer une dépêche pour lui apprendre que sa présence serait désirable.

Cela nécessitait une longue course pour aller jusqu'à la gare, mais cette course aurait l'avantage de m'aider à tuer le temps, et je me sentis soulagé d'un poids en entendant le grincement des aiguilles, qui m'apprenait que mon message volait à mon but.

À mon retour d'Ingleton, quand je fus arrivé à l'entrée de l'avenue, je trouvai notre vieux domestique Élie debout en cet endroit, et il avait l'air très en colère.

– On dit qu'un rat en amène d'autres, me dit-il en soulevant son chapeau. Il paraît qu'il en est de même avec les noirauds.

Il avait toujours détesté la gouvernante à cause de ce qu'il appelait ses grands airs.

– Eh bien, qu'est-ce qu'il y a ? demandai-je.

– C'est un de ces étrangers qui reste toujours par là à se cacher et à rôder, répondit le bonhomme. Je l'ai vu ici parmi les broussailles et je l'ai fait partir en lui disant ma façon de penser. Est-ce qu'il regarde du côté des poules ? Ça se peut. Ou bien a-t-il envie de mettre le feu à la maison et de nous assassiner tous dans nos lits ? Je vais descendre au village, M. Lawrence, et je m'informerai à son sujet.

Et il s'en alla en donnant libre cours à sa sénile colère.

Le petit incident fit sur moi une vive impression, et j'y songeai beaucoup en suivant la longue avenue.

Il était clair que l'Hindou voyageur tournait toujours autour de la maison.

C'était un élément que j'avais oublié de faire entrer en ligne de compte.

Si sa compatriote l'enrôlait comme complice dans ses plans ténébreux, il pourrait bien arriver qu'à eux trois ils fussent trop forts pour moi.

Toutefois, il me semblait improbable qu'elle agît ainsi, puisqu'elle avait pris tant de peine pour que Copperthorne ne sût rien de la présence de l'Hindou.

J'eus un instant l'idée de prendre Élie pour confident, mais en y réfléchissant j'arrivai à conclure qu'un homme de son âge serait plutôt un embarras qu'un auxiliaire.

Vers sept heures, comme je montais dans ma chambre, je rencontrai Copperthorne qui me demanda si je pouvais lui dire où était miss Warrender.

Je répondis que je ne l'avais pas vue.

– C'est bien singulier, dit-il, que personne ne l'ait vue depuis le dîner. Les enfants ne savent pas où elle est. J'ai à lui dire quelque chose en particulier.

Il s'éloigna, sans la moindre expression d'agitation et de trouble sur sa physionomie.

Pour moi, l'absence de miss Warrender n'était pas faite pour me surprendre.

Sans aucun doute, elle était quelque part dans les massifs, se montant la tête pour la terrible besogne qu'elle avait entrepris d'exécuter.

Je fermai la porte sur moi, et m'assis, un livre à la main, mais l'esprit trop agité pour en comprendre le contenu.

Mon plan de campagne était déjà construit.

J'avais résolu de me tenir en vue de leur lieu de rendez-vous, de les suivre, et d'intervenir au moment où mon intervention serait le plus efficace.

Je m'étais pourvu d'un gourdin solide, noueux, cher à mon cœur d'étudiant, et grâce auquel j'étais sûr de rester maître de la situation.

Je m'étais, en effet, assuré que Copperthorne n'avait pas d'armes à feu.

Je ne me rappelle aucune époque de ma vie où les heures m'aient paru si longues, que celles que je passai, ce jour-là, dans ma chambre.

J'entendais au loin le son adouci de l'horloge de Dunkelthwaite qui marqua huit heures, puis neuf, puis, après un silence interminable, dix heures.

Ensuite, comme j'allais et venais dans ma chambrette, il me sembla que le temps eût suspendu complètement son cours, tant j'attendais l'heure avec crainte et aussi avec impatience, ainsi qu'on le fait quand on doit affronter quelque grave épreuve.

Néanmoins tout a une fin, et j'entendis, à travers l'air calme de la nuit, le premier coup argentin qui annonçait la onzième heure.

Alors je me levai, me chaussai de pantoufles en feutre, pris ma trique et me glissai sans bruit hors de ma chambre pour descendre par le vieil escalier grinçant.

J'entendis le ronflement bruyant de l'oncle Jérémie à l'étage supérieur.

Je parvins à trouver mon chemin jusqu'à la porte à travers l'obscurité. Je l'ouvris et me trouvai dehors sous un beau ciel plein d'étoiles.

Il me fallait être très attentif dans mes mouvements, car la lune brillait d'un tel éclat qu'on y voyait presque comme en plein jour.

Je marchai dans l'ombre de la maison jusqu'à ce que je fusse arrivé à la haie du jardin.

Je rampai à l'abri qu'elle me donnait et je parvins sans encombre dans le massif où je m'étais trouvé la nuit précédente.

Je traversai cet endroit, en marchant avec la plus grande précaution, avec lenteur, si bien que pas une branche ne se cassa sous mes pieds.

Je m'avançai ainsi jusqu'à ce que je fusse caché parmi les broussailles, au bord de la plantation.

De là je voyais en plein ce grand chêne qui se dressait au bout supérieur de l'avenue.

Il y avait quelqu'un debout dans l'ombre que projetait le chêne.

Tout d'abord je ne pus deviner qui c'était, mais bientôt le personnage remua, et s'avança sous la lumière argentée que la lune versait par l'intervalle de deux branches sur le sentier, et il regarda impatiemment à droite et à gauche.

Alors je vis que c'était Copperthorne, qui attendait et qui était seul.

À ce qu'il paraît, la gouvernante n'était pas encore venue au rendez-vous.

Comme je tenais à entendre autant qu'y voir, je me frayai passage sous les ombres noires des arbres dans la direction du chêne.

Lorsque je m'arrêtai, je me trouvai à moins de quinze pas de l'endroit où la taille haute et dégingandée du secrétaire se dressait farouche et fantastique sous la lumière changeante.

Il allait et venait d'un air inquiet, tantôt disparaissant dans les ténèbres, tantôt reparaissant dans les endroits qu'éclairait la lumière argentée filtrant à travers l'épaisseur du feuillage.

Il était évidemment, d'après ses allures, intrigué et désappointé de ne point voir venir sa complice.

Il finit par s'arrêter sous une grosse branche qui cachait son corps, mais d'où il pouvait voir dans toute son étendue la route couverte de gravier qui partait de la maison, et par laquelle il comptait certainement voir venir miss Warrender.

J'étais toujours tapi dans ma cachette et je me félicitais intérieurement d'être parvenu jusqu'à un endroit où je pouvais tout entendre sans courir le risque d'être découvert, quand mes yeux rencontrèrent soudain un objet qui me saisit au cœur et faillit m'arracher une exclamation qui eût décelé ma présence.

J'ai dit que Copperthorne se trouvait juste au-dessous d'une des grosses branches du chêne.

Au-dessous de cette branche régnait l'obscurité la plus complète, mais la partie supérieure de la branche même était tout argentée par la lumière de la lune.

À force de regarder, je finis par voir quelque chose qui descendait en rampant le long de cette branche lumineuse ; c'était je ne sais quoi de papillotant, d'informe qui semblait faire partie de la branche elle-même, et qui, néanmoins, avançait sans trêve en se contournant.

Mes yeux s'étant accoutumés, au bout de quelque temps, à la lumière, ce je ne sais quoi, cet objet indéfini prit forme et substance.

C'était un être humain, un homme.

C'était l'Hindou que j'avais vu au village.

Les bras et les jambes enlacés autour de la grosse branche, il avançait en descendant, sans faire plus de bruit et presque aussi vite que l'eût fait un serpent de son pays.

Avant que j'eusse le temps de faire des conjectures sur ce que signifiait sa présence, il était arrivé juste au-dessus de l'endroit où le secrétaire se tenait debout, et son corps bronzé se dessinait en un contour dur et net sur le disque de la lune, qui apparaissait derrière lui.

Je le vis détacher quelque chose qui lui ceignait les reins, hésiter un instant, comme s'il mesurait la distance, puis descendre d'un bond, en faisant bruire les feuilles sur son passage.

Ensuite eut lieu un choc sourd, on eût dit deux corps tombant ensemble, puis ce fut, dans l'air de la nuit, un bruit analogue à celui qu'on fait en se gargarisant, et qui fut suivi d'une série de croassements, dont le souvenir me hantera jusqu'à mon dernier jour.

Pendant tout le temps que cette tragédie mit à s'accomplir sous mes yeux, sa soudaineté, son caractère d'horreur m'avaient ôté toute faculté d'agir en un sens quelconque.

Ceux-là seuls qui se sont trouvés dans une situation analogue pourront se faire une idée de l'impuissance paralysante qui s'empara de l'esprit et du corps d'un homme en pareille aventure. Elle l'empêche de faire aucune des mille choses qui pourraient plus tard vous venir à la pensée, et qui vous paraîtraient tout indiquées par la circonstance.

Pourtant, quand ces accents d'agonie parvinrent à mon oreille, je secouai ma léthargie et je m'élançai de ma cachette en jetant un grand cri.

À ce bruit, le jeune Thug se détacha de sa victime par un bond, en grondant comme une bête féroce qu'on chasse de son cadavre, et descendit l'avenue en détalant d'une telle vitesse que je sentis l'impossibilité de le rejoindre.

Je courus vers le secrétaire et lui soulevai la tête.

Sa figure était pourpre et horriblement contorsionnée.

J'ouvris son col de chemise. Je fis de mon mieux pour le rappeler à la vie. Tout fut inutile.

Le roomal avait fait sa besogne ; l'homme était mort.

Je n'ai plus que quelques détails à ajouter à mon étrange récit.

Peut-être ai-je été un peu prolixe dans ma narration, mais je sens que je n'ai point à m'en excuser, car je me suis borné à dire la suite des incidents dans leur ordre, d'une manière simple, dépourvue de toute prétention, et le récit eût été incomplet si j'en avais omis un seul.

On sut par la suite que miss Warrender était partie par le train de sept heures vingt minutes pour Londres, et qu'elle avait gagné la capitale assez à temps pour y être en sûreté, avant qu'on pût commencer des recherches pour la retrouver.

Quant au messager de mort qu'elle avait laissé derrière elle pour prendre sa place au lieu du rendez-vous, on n'entendit plus parler de lui. On ne le revit plus.

On lança son signalement dans tout le pays, mais ce fut peine perdue.

Sans doute le fugitif passait le jour dans une retraite sûre, et employait la nuit à voyager, en se nourrissant de débris, comme un Oriental peut le faire, jusqu'à ce qu'il fût hors de danger.

John Thurston revint le lendemain, et il fut stupéfait quand je lui fis part de l'aventure.

Il fut d'accord avec moi pour reconnaître qu'il valait mieux ne rien dire de ce que je savais sur les projets de Copperthorne et des raisons qui l'auraient obligé à s'attarder si longtemps au dehors pendant cette nuit d'été.

Aussi la police du comté elle-même n'a jamais su complètement l'histoire de cette extraordinaire tragédie et elle ne la saura certainement jamais, à moins que le hasard ne fasse tomber ce récit sous les yeux d'un de ses membres.

Le pauvre oncle Jérémie se lamenta sur la perte de son secrétaire, et pondit des quantités de vers sous forme d'épitaphes et des poèmes commémoratifs.

Il a été depuis réuni à ses pères, et je suis heureux de pouvoir dire que la majeure partie de sa fortune a passé à son héritier légitime, à son neveu.

Il n'y a qu'un point sur lequel je désirerais faire une remarque.

Comment le Thug voyageur était-il arrivé à Dunkelthwaite ?

Cette question-là n'a jamais été éclaircie, mais je n'ai pas dans l'esprit le moindre doute à ce sujet, et je suis certain que quand on pose les circonstances, on admettra, comme moi, que son apparition ne fut point un effet du hasard.

Cette secte formait dans l'Inde un corps nombreux et pressant, et quand elle songea à se choisir un nouveau chef, elle se rappela tout naturellement la fille si belle de son ancien maître.

Il ne devait pas être malaisé de retrouver sa trace à Calcutta, en Allemagne et, finalement, à Dunkelthwaite.

Il était sans doute venu l'informer qu'elle n'était pas oubliée dans l'Inde, et qu'elle serait accueillie avec le plus grand empressement si elle jugeait bon de venir retrouver les débris épars de sa tribu.

On pourra juger cette supposition un peu forcée mais c'est la manière de voir qui a toujours été la mienne en cette affaire.

VII

J'ai commencé ce récit par la copie d'une lettre ; je le finirai de même.

Celle-ci me vint d'un vieil ami, le Docteur B. C. Haller, homme de science encyclopédique et particulièrement au fait des mœurs et coutumes de l'Inde.

C'est grâce à sa complaisance que je suis en état de transcrire les divers mots indigènes que j'ai entendu de temps à autre prononcer par miss Warrender, et que je n'aurais pas été capable de retrouver dans ma mémoire, s'il ne me les avait rappelés.

Dans sa lettre, il fait des commentaires sur le sujet que je lui avais exposé quelque temps auparavant, au cours d'une conversation.

« Mon cher Lawrence,

« Je vous ai promis de vous écrire au sujet du Thuggisme, mais mon temps a été tellement pris que c'est seulement aujourd'hui que je puis tenir mon engagement.

« J'ai été fort intéressé par votre extraordinaire aventure et j'aurais grand plaisir à causer encore de ce sujet avec vous.

« Je puis vous apprendre qu'il est extrêmement rare qu'une femme soit initiée aux mystères du Thuggisme, et dans le cas qui vous concerne, cela a pu arriver parce qu'elle avait goûté, soit par hasard, soit à dessein, le goor sacré, qui est le sacrifice offert par la bande après chaque assassinat.

« Quiconque a fait cela peut devenir un membre actif du Thuggisme, quels que soient son rang, son sexe et son état.

« Comme elle était de sang noble, elle a dû franchir rapidement les divers grades, celui de Tuhaee, ou éclaireur, celui de Lughaee, ou fossoyeur, celui de Shumshaee, qui maintient les mains de la victime, et finalement celui de Bhuttotee, ou étrangleur.

« En tout cela, elle aurait reçu les leçons de son Gooroo, ou conseiller spirituel, qu'elle indique dans votre récit comme son propre père, qui fut un Borka ou Thug accompli.

« Une fois qu'elle eût atteint ce degré, je ne m'étonne pas qu'elle eût eu de temps en temps des accès de fanatisme instinctif.

« Le Pilhaoo, dont elle parle à un endroit, est un présage venu du côté gauche, lequel, s'il est suivi du Thibaoo, ou présage du côté droit, était regardé comme une indication que tout irait bien.

« À propos, vous parlez du vieux cocher qui vit l'Hindou sortant parmi les broussailles dans la matinée.

« Ou je me trompe fort, ou bien il était occupé à creuser la fosse de Copperthorne, car les coutumes des Thugs s'opposent absolument à ce que le meurtre soit commis avant qu'un réceptacle soit préparé pour le corps.

« À ma connaissance, un seul officier anglais dans l'Inde a été victime de cette confrérie, ce fut le Lieutenant Monsell, en 1812.

« Depuis, le colonel Sleeman est parvenu à l'écraser en grande partie, bien que l'on ne puisse pas douter qu'elle a une extension plus grande que ne le supposent les autorités.

« Vraiment, les endroits ténébreux de la terre sont pleins de cruautés et l'Évangile seul est en état de concourir efficacement à dissiper ces ténèbres.

« Je vous autorise très volontiers à publier ces quelques remarques, s'il vous semble qu'elles jettent quelque lumière sur votre récit.

« Votre sincère ami »
« B. C. Haller.